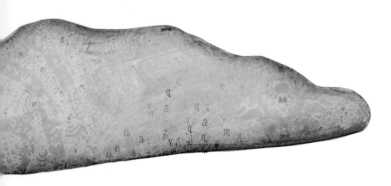

Papel certificado por el Forest Stewardship Council®

MIXTO
Papel procedente de
fuentes responsables
FSC® C117695

Penguin
Random House
Grupo Editorial

Primera edición: marzo de 2021

Printed in Spain – Impreso en España

ISBN: 978-84-488-5639-7
Depósito legal: B-20.659-2020

Diseño y maquetación: La chica del jersey
Impreso en Soler Talleres Gráficos
Esplugues de Llobregat (Barcelona)

BE 5 6 3 9 7

Raquel Díaz Reguera

Violeta & Co
cambian el mundo

Lumen

Violeta y sus amigas
habían vencido –otra vez– a la
banda de don NOLOCONSEGUIRÁS
y volvían a sentirse
capaces de convertir
sus sueños en realidad.

El señor SIQUIERESPUEDES,
siempre atento, las observaba
feliz mientras tejía nuevas
alas para todas las niñas
que tenían ganas
de volar alto.

Los perversos villanos

continuaban maquinando nuevas
dificultades para que las niñas
no levantasen sus pies del suelo,
pero, por más que pensaban,
no se les ocurría cómo derrotarlas.

De repente, un nuevo malvado,
el siniestro **don MM**, apareció
sonriendo maliciosamente
sin dejar de acariciar una
misteriosa **bola de cristal.**

—Queridos bellacos —dijo
don MM—, yo sé cómo vencer
definitivamente a esas engreídas
y al señor SIQUIERESPUEDES,
su ingenuo fabricante de alas.

—¿Ah, sí? —dijo esperanzado
don NOLOCONSEGUIRÁS—.
¿Y cuál es el plan?

—A partir de hoy, las atacaremos sin hacer ruido.
Apenas lo notarán porque usaremos unas herramientas infalibles…

¡LOS MICROMACHISMOS!

Un micromachismo es como un grano de arena. Es tan pequeño
que no se ve; es casi invisible. Pero millones de granos de arena…
¿Qué son? ¡Un desierto! ¿Lo entendéis?

Los villanos se miraron con cara de no entender nada.
Entonces el terrible don MM sacó una pequeña bolsa de tela.

—¿Sabéis qué tengo aquí? —dijo.
Y, sin esperar respuesta, continuó
hablando—: Esta bolsa está llena
de polvitos de micromachismo.
Buscad en vuestros bolsillos,
todos tenéis una igual.

Los villanos obedecieron
y, efectivamente, cada
uno tenía una bolsa
escondida entre
la ropa.

—Fijaos... ¡Son polvitos de micromachismo indetectables e infalibles! Ahora veréis lo bien que funcionan.

Don MM señaló **la bola de cristal** con un dedo. En su interior apareció una imagen: un hombre conducía mientras sus hijos charlaban en el asiento trasero.

Don MM sopló sus polvitos sobre la bola, las minúsculas partículas lo llenaron todo y, de pronto, el coche fue adelantado por un conductor muy alterado que gritó:

—¡¡¡Pareces una mujer conduciendo!!!

—¿Por qué te han dicho eso, papi? —preguntó uno de los niños.

—Porque le parece que conduzco mal...

Los malos no perdían detalle de lo que pasaba. Ahora podía verse en la bola de cristal a una pareja paseando con su hija. Don MM volvió a soplar **las partículas de micromachismo...**

—Papá —preguntó la niña—, **¿tú ayudas en casa?**

—Claro, yo ayudo a tu madre en las tareas del hogar.

—¡Le pregunta que si ayuda en casa...! —dijo **riéndose a carcajadas** don MM—. Esta niña tiene claro que la obligación de limpiar es de la madre, y su padre, como debe ser, **solo ayuda.** ¿No es genial? Nuestros polvitos siembran **la desigualdad entre hombres y mujeres,** pero ellos no se dan cuenta... **¡Les parece normal!**

En la bola apareció otro escenario: Violeta y su pandilla jugaban en el patio del colegio. Don MM sacó su bolsa de polvo y volvió a soplar.

Manu se sentó cabizbajo en un banco.

—¿Qué te pasa? —le preguntó Violeta, sentándose a su lado.

—Los chicos no me dejan jugar al fútbol porque dicen que «corro como una niña».

—¿Y eso qué significa?

—Pues que corro mal, o poco, supongo.

—¡Pues yo soy una niña y corro un montón! —dijo Violeta.

—¿Qué os parece? ¿No es fantástico? ¡Ya no hace falta que les susurremos mensajes a las niñas para que dejen de volar! Solo tenemos que ir soplando **diminutas** partículas de micromachismo —dijo don MM mirando entusiasmado esa bola en la que no dejaban de sucederse historias parecidas—. Partículas que se **cuelen** en los colegios y en las casas, que inunden la publicidad, las películas, los cuentos, la moda... ¡y hasta la forma de hablar! ¡Micromachismos por **tooooodas** partes!

¡¡JA, JA, JA, JA, JA, JA!! Micromachismos que consiguen que las niñas comprendan que son inferiores a los niños.

Joven
y
bella

Aquella tarde, al llegar a casa, Violeta buscó el significado de las expresiones «correr como una niña», «conducir como una mujer» o «nenaza», que fue como llamaron a Álex el día que lloró después de caerse por las escaleras.

De repente, mientras investigaba, la pantalla del ordenador se llenó de interferencias que dieron paso a un supervillano que decía llamarse don MM.

—Hola, princesita —dijo mientras soplaba sobre ella un puñado de polvo—. Toma, un regalito: motitas de polvo mágicas. Da lo mismo que te las quites de encima porque son **micromachismos invisibles**. Están por todas partes y nadie puede acabar con sus efectos. ¡¡¡¡JA, JA, JA, JA!!!! Siempre están sobre vosotras y, poco a poco, irán cubriendo vuestras alas y os convencerán de que es absurdo que queráis volar alto. A ver si os enteráis de una vez...

¡Sois niñas y seréis mujeres que harán lo que deben hacer las mujeres!

Volvieron las interferencias y el villano desapareció. Violeta no entendía qué había pasado, pero, en vez de acobardarse por sus amenazas, apretó los puños:

—¡NO, DON MM, NO PODRÁS CONMIGO! ¡NO PARAREMOS HASTA ENCONTRAR TODAS LAS PARTÍCULAS INVISIBLES DE MICROMACHISMO! ¡NUNCA CUBRIRÁN NUESTRAS ALAS! ¡AH, Y OTRA COSA! ¡NO ME LLAMES «PRINCESITA»!

Pero... ¿qué era el micromachismo? Violeta se pasó la tarde investigando y sonándose la nariz porque no podía parar de estornudar. ¡Achís!

—¡Qué raro! —se preguntaba el señor SIQUIERESPUEDES observándola desde lejos—. ¿Está resfriada... o es que ha aprendido a detectar los micromachismos y por eso el polvo de don MM le produce alergia?

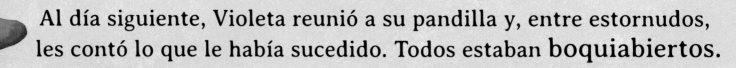

Al día siguiente, Violeta reunió a su pandilla y, entre estornudos, les contó lo que le había sucedido. Todos estaban **boquiabiertos**.

—Los micromachismos —les explicaba— son esas cosas cotidianas que vemos como normales, cosas aparentemente pequeñas que, en realidad, suponen un desprecio a la capacidad de mujeres y niñas.

—**Yo no entiendo nada** —dijo Manu olfateando el aire en busca de partículas de MM.

—Yo tampoco —dijo Elena.

—Mirad —explicó Violeta—. Ayer, cuando te dijeron que corrías como una niña, **¿qué querían decirte?**

—Pues que corro mal.

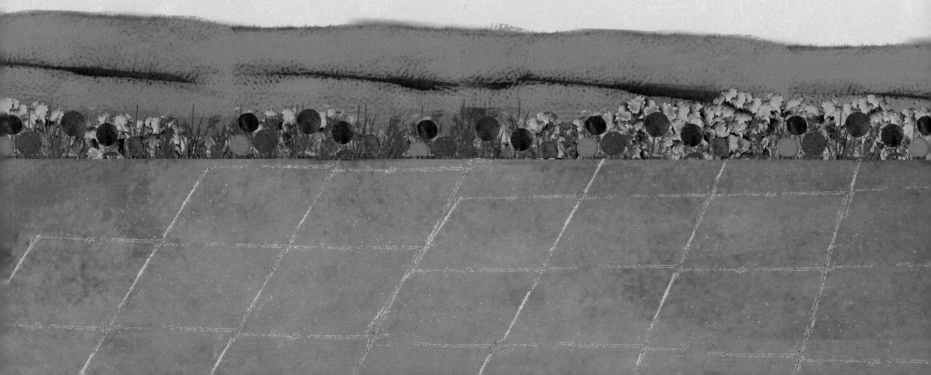

—¿Y para decir que corres mal tienen que decir que corres como una niña? **No, ¿verdad?** Pues eso es un micromachismo —dijo Violeta, de nuevo entre estornudos—. Y sucede en **todos los patios de los colegios de todo el mundo.**

En ese momento, Elena, como si le molestara un olor raro, estornudó tres veces seguidas:
—¡Achís! ¡Achís! ¡Achís!

Carla también estornudó antes de poder hablar:
—¡Achís! ¿Y cómo podremos combatirlos si nos hemos acostumbrado a ellos? ¡Achís!

—¡Estamos todos estornudando! —dijo Violeta entusiasmada—. Eso quiere decir que, ahora que sabemos lo que son, los micromachismos nos producen alergia y que, por tanto, nos será muy fácil descubrirlos.

—A partir de hoy somos la **patrulla AMM**,
que quiere decir **Acabar con el MicroMachismo**.
Nuestra misión es descubrir dónde se esconden —dijo Violeta
mientras repartía papeles con lo que tenía que hacer
cada uno—. Tenemos que abrir bien los ojos y los oídos,
y afinar el olfato...

Cualquier cosa que nos haga estornudar
puede ser un micromachismo y, os aviso,
se esconden por todas partes: en casa,
en el colegio, en la moda, en los anuncios,
en las series, en los cuentos,
en las redes sociales...

¡A trabajar!

En el cuartel general, los malos malísimos empezaron a preocuparse.

—Tranquilos —decía don MM—. Tranquilos, pueden estornudar todo lo que quieran, pero nunca lograrán eliminar los efectos contaminadores de este polvo...
¡Es imposible, está por todas partes!
¡Venga, soplad, soplad!
¡No paréis de soplar
       polvos de micromachismo!
              ¡¡¡JA, JA, JA!!!

Siete días más tarde, la patrulla AMM volvió a juntarse en el banco del patio. Cada uno de sus integrantes llevaba una lista con los MM que les habían hecho estornudar; muchos eran cosas que hacían que chicas y chicos creciesen creyendo que tenían distintas capacidades.

EN LAS CASAS

En las casas en las que conviven padre y madre, las madres realizan la mayoría de las tareas del hogar, llevan a los hijos al cole y cuidan a la familia. Muchas trabajan fuera y dentro de casa. ¡Parece que el trabajo de mamá es menos importante que el de papá! Sin embargo, los que se encargan de arreglar las cosas son hombres: fontaneros, carpinteros, electricistas, pintores... ¿Por qué? ¡Ah, y cuando vamos todos en el coche siempre conduce papá!

EN LOS JUGUETES

Para niñas, los de las tareas del hogar y los de cuidarnos: cocinitas, carritos, muñecas, kits de limpieza, ropita... Coser, planchar, limpiar... Y, además, todo de color rosa, que parece ser el color de las chicas. Los disfraces para ellas son de princesas y sirenitas. Los de ellos son de superhéroes. Los juegos para ellas son para estar guapas: maquillajes, pintaúñas, coronas, joyas, tacones... Los de ellos, pistolas, tanques, coches, motos, muñecos de superhéroes...

EN LAS REDES

¡Acaban gustándonos las cosas que nos han dicho que nos tienen que gustar! Los niños se identifican con imágenes de deportistas famosos o de videojuegos. Las niñas eligen fotografías románticas o influencers muy guapas que posan maquilladas a la última moda. ¿Por qué no nos influyen mujeres científicas o inventoras?

EN LA MODA

Las mujeres son muy altas y muy delgadas, mucho más que las que vemos en las calles. En la ropa de las niñas encontramos, ¡otra vez!, estampados de princesas, sirenas o hadas; si son animales, siempre son gatitos o unicornios. Y todo... ¡siempre adornado con purpurina, lentejuelas y lacitos, y no falta nunca el rosa! En la ropa de los niños hay coches, superhéroes, chicos guays, deportistas y dinosaurios... Y todo sin purpurina, claro, ¿por qué? Porque el mundo ha decidido que es cosa de chicas. Lo de ellas debe ser todo dulce o cursi, y lo de ellos siempre debe dar una idea de fuerte, valiente y aventurero.

EN LA TELE Y LA PUBLICIDAD

Las mujeres anuncian productos para estar siempre guapas y jóvenes: cremas para las arrugas, tintes para el pelo, cera para depilarse, maquillajes, comida de dieta... O cosas para la casa: productos de limpieza, electrodomésticos...

O complementos como joyas, zapatos, ropa interior...

Los hombres anuncian coches, ropa de deporte o perfumes para oler como un superhombre. Los hombres con éxito tienen un supercoche y una mujer guapa a su lado, como un objeto más.

En muchas pelis las mujeres siempre son salvadas por un hombre o sueñan con casarse, y es más importante ser guapa que ser lista.

Y en las canciones... ¡las letras más escuchadas son muy machistas! En el reguetón y en los vídeos musicales, las chicas van vestidas con poca ropa y son tratadas como si fueran cosas que tienen que ser hermosas y sexys, o como personas débiles que buscan a un novio que las proteja para poder ser felices.

EN LOS CUENTOS

En los clásicos: las malas son madrastras o brujas, y las buenas son princesas que sueñan con ser rescatadas por un príncipe azul.

Hoy en día, los chicos leen libros protagonizados por chicos. A las chicas les da igual si el protagonista es chico o chica. Las portadas de los libros para chicas son distintas que las de los libros para chicos. Un chico no lee un libro que protagonice una niña, por muy aventurera que sea.

EN EL COLE

Las niñas y los niños no juegan juntos.

Los niños juegan al fútbol y ocupan casi todo el patio.

Y en las aulas, casi todos los nombres de personas que han hecho cosas importantes son de hombres.

—¡¡¡Estos son los mensajes que nos dan los micromachismos, día a día, desde que nacemos!!! Y, claro, al final acabamos creyendo que somos más débiles, inútiles y tontas que los chicos. ¡¡¡ES INDIGNANTE!!! —dijo Violeta antes de estornudar.

En el cuartel general de los malos malísimos, volvía a reinar la preocupación.

—¡Han descubierto demasiados micromachismos! —se lamentaba don NOLOCONSEGUIRÁS.

—¿Y qué? ¡Son un grupo insignificante de colegiales! —decía don MM mientras continuaba esparciendo partículas de polvo por todas partes.

—¡La gente está ocupada en sus cosas y no en escuchar las tonterías de la patrullita AMM! ¿Quién les va a hacer caso?

—No nos escucharán, nosotros solo somos niñas y niños... —dijo desanimado Guille.

—Tiene que haber una solución. Siempre hay una solución... —dijo Violeta.

—¿Y si le contamos a la maestra Lola lo que hemos descubierto? —sugirió Sofía—. Ella seguro que nos ayuda.

Y así fue, la maestra Lola, entre estornudos, informó al consejo escolar de la existencia de la patrulla AMM y de la cantidad de datos que habían recopilado.

Al día siguiente, otros muchos profesores expusieron el trabajo de los patrulleros a sus alumnos y alumnas, quienes, al llegar a casa, comprobaron, también entre estornudos, la cantidad de micromachismos que hasta ese momento les habían resultado invisibles.

El descubrimiento del polvo de don MM corrió por las redes
y hasta fue noticia en el informativo de las tres.
Con suerte, en muchos colegios seguirían el ejemplo y
nacerían decenas de patrullas AMM, capaces de detectar
micromachismos en cualquier sitio, de tal modo que
—¡ACHÍS!— los estornudos se escucharían por todas partes.

Don MM estaba horrorizado.
Por culpa de la patrulla AMM, demasiadas personas
habían aprendido a detectar su, hasta ahora, infalible
polvo invisible. Y, si podían detectarlo, podían combatirlo.

—¡Otra vez! —se lamentaba don NOLOCONSEGUIRÁS—.
¿¿Otra vez nos van a ganar??

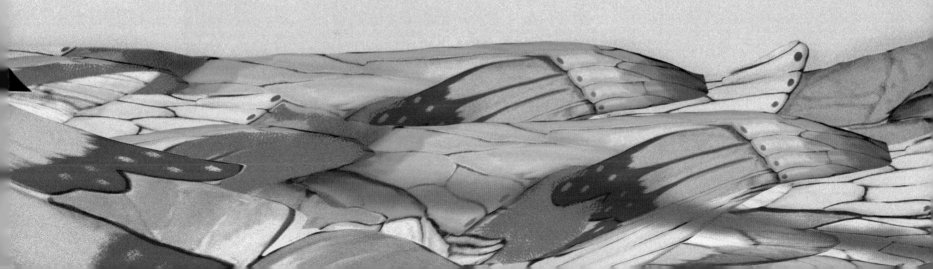

¡¡OTRA VEZ!! Efectivamente.

Violeta y su pandilla habían vuelto a ganar
y volverían a hacerlo las veces que hiciese
falta. De momento, la pandilla AMM estaba
dispuesta a seguir luchando hasta que
llegase el día en el que en el planeta
solo se estornudase por estar resfriado.

Y, si en el futuro aparecían nuevos
villanos con nuevos trucos, volverían
a defender lo que era simplemente
justo: la igualdad.

Ahora que sabían que una mota de polvo no es mucho,
pero que millones son una polvareda asfixiante.
Habían comprendido que **para cambiar el mundo**
a lo grande hay que empezar cambiando las pequeñas
cosas; un lema que, desde aquel día, el **señor
SIQUIERESPUEDES** jamás se olvidó de bordar
en las alas que seguía fabricando.

**Unas alas que cada día llevaban
más y más niñas.**